JN107231

句集

光(かげ)ひとり

藤野武

Fujino Takeshi

飯塚書店

目次

句集　光(かげ)ひとり

藤野　武

二〇一五年

二十二句

いのちなり掌に雪片の重さなり

梅白し忘れしことの量に驚く

春服や言葉は斯くもすり減りて

白鳥帰る産土の乳房のあたり

夕餉はいつも賑やかなりき茱萸の花

コーラとポテト少年の草色の声と

雷去りぬ熱き息せる百合を残し

夕嫺思いは生絹(すずし)のごとし遠し

髭あたる残暑というも淡くなり

野分後燠火のような声で妻

加賀・能登にて　四句

朝霧やのどぐろを売る声は玉

月寂と風の形に防砂林

輪島初秋はさらさらと竹箒

旅に寝てこつと秋星落ちる気配

雁渡し深鍋に水満ち行くも

ラディッシュ頬張る額(ぬか)に満月を映し

干柿の微熱のように母と娘よ

盆地の端に冬は居座り始めけり

土間に蓮根美(は)し泥足の神々よ

大根の染み込みし亡(は)母(は)のおとし蓋

愛しきは土器に指あと冬銀河

葱切る音湯の滾つ音反戦や

二〇一六年

六十二句

風花の刹那沸き来る天の楽

稜線を熊登りゆく春なれや

早春の阿武隈川蒼き顔を流し

残雪置きて津軽遠嶺の豊かな尻

地下茎伸びる春日常の淡き亀裂

春泥や行けどもいけども資本主義

消滅の安けさ金縷梅明かりかな

すみれ一叢魂あつまりし翳ならん

紫雲英田に牛のふぐりの照り照りて

朱塗椀に花菜生きつぎ死につぎて

茎立やマンネリズムとうあまじょっぱい

被曝地の燕ことばを超えよ鋭（と）く

かなしく耀う妻と福島産レタスと
転びまろびて胸に跳びこむ春童

宙（そら）を跳ぶ擦りむいた膝葱坊主

山繭よ少年になりつつある手足

野辺送り花送り風の香のふっと

花満開なり向こう岸こちら岸

春日暮突然終わる白き道

堅香子の千の視線の交錯す

陽炎匂う君の若さに少し嫉妬

人を殺める正義とはなに逃水や

朧夜の蠅の羽音の楕円形

琥珀の蜂かの夏の日を抱いたまま

涙こらえる楓若葉のような手で

筍煮える時間よ情(こころ)は耕さる

筍ごはん炊けたと翡翠（ひすい）のような声で
蠅が来てわが頭で遊ぶ時間かな

夏に病み指先微かな汚れあり

曇天に泣く急所あり花は葉に

ががんぼを言霊のように手で包む

関東平野を白南風つんのめって越えぬ

炎天に棒高跳びの光一人

日傘とう一瞬の光君は病み

病む君のどしゃぶりの笑み木洩れ日に

和魂（にぎたま）のトマト抱えて来しは妻

トマト捥ぎあつき朝日を啜るかな

簀(す)戸(ど)明かり鮎煮る光も風も込め

香水香らせ少年何を拒絶する

青空に染まり新じゃが声がわり

冷し瓜日はざわざわと過ぎ行けり

鰺に白飯賀茂なす浅漬け平和美し

雷鳴が遠嶺に遊ぶ夢の途次

妹(いも)にあたりて甲虫恥ずかしそうに空へ

長崎忌すて猫のごとハンモックに

手花火の影滲（にじ）みゆく家族かな

秋蟬の声手暗がり哀しかり

とび箱の日なた臭くて秋の蜂

あんぱんとは頬張るものに海は秋

花野美し晩節もまた汚すなる

月の母上流に魚茫とあり

無月なり意味消えてゆく君の笑み

熟柿落つ自由というも危うくて
時は美しく妻と榠樝の間（あわい）にも

清(すが)し苦(にが)し何処にも属さぬ父に照葉

パソコン切ってぱさぱさの目で綿虫と

火があって白猫がいて死は親し

人口減少耳の冷たさ白湯のぬるさ

東京近郊の我家の近くに熊出没。撃たる

若き熊撃たる赫々空を蹴り

空ほころび光は白鳥となりぬ

白き胸して寝息をたてている冬田

カラス来て鳴きたいだけ鳴く十二月

二〇一七年

四十八句

白菜古漬けしっかりと噛む淑気かな

闇騒ぐもう直ぐぞっと雪が来る

夜半(よわ)醒めて寒牡丹燃ゆ胸の浅瀬

被曝せしは夢も田畑も冬深し

雪折れの竹突き刺さる青き空

求愛の鷹の飛翔よ秩父嶺よ

福島の春耕美(かな)しき運針なり

ひばり高きへ泡色硝子に恋しては

春夕日波たつ胸の水たまり

蝶うらら街に飛び交うつけ睫毛

草餅の曲線おさなご抱きしめる

空腹で自由で少年しゃぼん玉

坂くだり来るアスパラの脚一群

海市にも路地あり影ふみ遊びあり

春茄子の煮びたし泣くたび優しくなる

ふと光(かげ)の崩るる気配老し春

ストレッチする妻青野の熊蜂（くまんばち）

朴散るや嗚呼偽物を生きてきた

余花落花孤独を支えきれぬ一樹

たそがれの指紋だらけの夏の街

終わりあるものら集いて蛍の火

仮名書きのように蛍火消え入りぬ

地火照りの谷から少年らの奇声

冷やし中華夫と日暮れを待っている

夏野の老人全速力のダンゴ虫

藪萱草旅の終わりの絹のほつれ

矢印の方へ人行く晩夏なり

茄子浅漬け何事もなく終わる日の

京都祇園祭宵々山にて　二句

人あかり「ローソク一丁献じられましょう」

鉾の灯を漂いさざなみ疲れかな

夏雲に抱き締めらるるガラス拭き

広島忌布繕うていて静か

鼻の奥つーんと花火終わりけり

三陸海岸（岩手県）の妻の故郷へ盆帰りして　三句

髪に霧まとわりつきし父母亡き地

星に顔上げて踊りの始まりは

三陸に「なにゃとやら」という(歌詞の意味が不明の)盆踊り唄あり

霧に鹿消ゆ空間を引き伸ばし

野分あと暗き部屋には葡萄パン

干芋や幼き思考にして愛し

蛇穴にゆるると古典的な所作

霧湧きし畑に紙くずのごと媼

兄が来て朝露の香を置いてゆく

メメントモリ味噌汁に柚の香ひとひら

田の神の微かな狂気冬の虹

猪の鋭(と)き眼球宙(そら)を恋うらしく

訃報あり綿虫に手がとどかない

煩悩の河豚鍋煮える薄き地震（ない）

水漬く木の深々喪中はがきくる

雑踏を人無きごとく凍えゆく

二〇一八年

五十五句

後れだす駅伝ランナーに光芒

街騒をレジ袋に詰め春の帰路

山茱萸一輪口とがらせて咲く少年

金子兜太先生二月二十日他界す　弔句五句

春悲しふいに崩るる膝がしら

しずむ陽に泪す青鮫も狼も

白梅よ毒舌猥舌温かし

秩父群浴もち肌兜太に花や花や

秩父の勉強会の折、兜太師と我ら弟子達が宿の
風呂を共にせしことしばしばなり。楽しかりき

青々と夢の枯野を少年兜太

身を捩る荒川嗚咽する花菜

安らけく散りゆく花よ何の意思

兜太亡き日々の白飯花菜漬

哀しき人ら傍(かたえ)に春星みず蝶

花祭人々ちょうど好い密度

発条（ゼンマイ）人形なり晩春の人の群れ

水たっぷりと含むスポンジ子は芽吹き

竹の子山に猪の足跡狂喜乱舞

ベンチに枇杷の実光を手放している老人

鶺鴒ややがて泣き出しそうな呼吸

青葉木菟染付皿に南蛮船

よく育つ夏蚕よ雲喰い風を喰い

麦藁帽誠実に畝うないあり

金魚浮かぶこの国は縮みつつあり

水無月は淡しコンビニの灯が見える

金子兜太先生のお別れ会　六月二十二日

はにかみし遺影夏野に陽は溢れ

暮れてなお峰雲燃ゆる別れかな

かき氷不意に四年も飛ぶドラマ

雑踏をきらきらと縫う子と金魚

夏星を美(かな)しと問えどもういない

姉のように帆船は過ぐ夏のおわり

京都　二句

路地（ろうじ）には脱ぎかけの夏陽のゆらぎ

よく噛んで軆皮胡瓜らふまにのふ

天牛のキラリと日にち薬とや

金魚鉢に火花あるいは恋の文

万華鏡谷に赤牛ねむの花

花火消え凡庸な闇残りけり

盆唄の語尾のあたりに火取虫

盆踊り果てちりぢりに黒き影

鮭の面(つら)夕日蹴散らし上(のぼ)るかな

里芋の煮くずれている通夜なりし

菊の花弁のしなやかな反り不登校

まどろみの隙間に熟す烏瓜

朝顔の種零れつぐさびしさよ

晩秋の漉かれし紙のさざなみに
桐の実のやさしく拒否するとき揺れる

冬銀河呱呱の声はた終の息

黙す少年風切羽を棄て来しか

キリンの脚のさびしさ落葉降り止まぬ

喉の奥から哀しみは来る雪螢

雨に少年芯まで濡れし厚き毛布

空翔けて白鳥よ義足のランナーよ

妻へ白鳥さびしらの波紋を生みぬ

パンタグラフの火花よ胸の枯野には

煮鱈甘辛く父の齢を超えぬ

新宿夕暮れ鉛のように水鳥と

餅焦げる気圧を少し感じている

二〇一九年

五十六句

凍蝶の省略というしなやかさ

永い道草いつしか雪のくる匂い

自傷のようにスマホに縋る冬青草

女優ふっと老いの浮かびし冬椿

魚の渦水面微かに春立ぬ

東北早春空気遠近法で牛馬

人影の吹き溜まりたる春の駅

兜太忌や何に後れて水鳥よ

兜太忌や残響に身は流されて

朝はいつから昨日の濁り花きぶし

故郷は消えゆくものを野火走る

まるで阿修羅の溜息のごと辛夷の芽

蕗の薹引き返せないほど来て真顔

生(なま)しらす愛憎もまた遠い景

母の背の紫雲英野よりも暗かりき

土筆たんぽぽ野の関節のゆるやかに

やさしさの一つ一つが豆の花

嬰にもやがて抱えきれない春の雲

青麦のきらきらきらと物忘れ

渋谷春はストローで吸われゆく人群

やわらかなクレソンを食べ監視社会

胃カメラの何処まで行っても蝶の羽音

背後に人の体温のあり春の通夜

面影は逃水開封されぬ文

童あちこち揚羽の飛翔で考える

沖縄忌泣き立ち尽くす私の狭さ

松蟬じーっと『量子もつれ』を考える

朴散華櫓の音の相(あい)離れゆく

梅雨湿る畳が母の遥けき野

古き句友三井絹枝さん逝去の報ありて

梅雨雫夜通し胸を穿ちけり

兜太似の夏雲石ころ微笑仏

烏賊墨のパスタ光の朽ちゆく速さ

蟬どっと羽化する地球がさみしいから

カモメ淡く降りくる老いは空き家ばかり

背伸びす子酸っぱいスグリふくらはぎ

顔上げて雲の香を嗅ぐ冷夏なる

牡丹杏の青き歯ごたえ夏の夜明け

老人ホームに虫ピンで止められし晩夏

おつなもの斜陽日本の秋螢

残暑列島むくんだ足が置いてある

哀しさの変奏にして水の月

十六夜の心ばたつく蟹ドリア

霧の来て山わしづかむ我が胸も

空(から)の巣へ秋雲寄するばかりなり

木犀夜へ私も夜へ落ちゆけり

新宿の秋の日差しに擬態せる

密に光は頑として枯蟷螂でありぬ

残る虫スマホにさびしき絵文字など

妻の長姉逝きぬ

嵐去り草々薫る義姉（あね）は逝く

秋燈（ともし）泣いたり笑ったり抱き合ったり

午後の会話に微かな漣ホットミルク

石蕗の花人逝きて人集まり来

茶の花小さし冷たし虐待死せし児よ

ビルに映りし人群ゆがみ伸ばされ冬

銀杏散る泣き出しそう吹き出しそう

はじかれ括られあっという間に十二月

二〇二〇年

四十九句

死は背中にべったりつきて初日差し

冬靄の幾重にも紗のかなしみや

雪来る前の静けさ吸う息に似て哀し

うろうろふわふわ早春は白犬

若布刈冷えた体に夫の呼気

初燕羽根に大海(おおわだ)の色を残し

新型コロナウイルス禍

菜の花愛(かな)し悲しやコメディアン逝きぬ

斯く美(は)しき芽吹きや疫病の日々も

生も死も胴震いする夕桜

蜂蜜のどろりとたれるなま返事

渋谷初夏托卵のごとうずくまり
夏さびし前のめりに来る地下鉄よ

目は何も語らず少年夏の底に

何を生き急ぐ夏の陽匂うタオル

鮎光り翳り言葉は古りゆけり

田水張る光源として人のあり

君逝くか鮎食み跡の鋭（と）く清く

田草取さわさわ手さぐりで老いて

蛍火にささくれし闇疫病の

花茄子の横顔淋し土着という

トマト煮るもうすぐタイマーが鳴る
新じゃがの土乾きつつ日暮れつつ

茄子古漬けゆったりと来て去る日常

雷青々と天地激越に抱擁す

人よ癒えよ嬰の握りし夏の光

秩父峰々むっちりと夏の月

別れは急に足が冷たい夏なのに
七夕は雨人声のさわさわ滲む

始まりも終わりもおぼろ踊りの灯

すべて途次蜩夕暮れ降りそそぐ

窓にヤモリ宙に十六夜はしゃぐ妻

無口で淋しきスイッチのあり鰯雲

病む義兄(あに)に地粉の匂う秋日射し

義兄(あに)に新米と雲と余命宣告と

秋哀し乾いた分だけ雨は滲みる

蝉絶えてふと背を押しし白き風

胡麻叩く音ひたひたとコロナ寄す

天高し抜け落ちてゆく記憶美(は)し

コロナ籠もりもわが日常は百目柿

十三夜行き交う人も少し浮かんで

綿虫飛んでわが頭に止まる軽みという

落葉掃く消せぬ傷口なぞるごと

真昼の部屋に見知らぬ冬がいる老いし
しきりに笑う白息二重硝子の向こう

鴨を煮て琺瑯鍋も少しセクシー

白鳥が雲越えてゆく僕の勇気

笹鳴きや傀儡の糸ふっと切れ

冬星鋭し我ら流されて久し

疫病（えやみ）に暮れし掌に滑らかな川原石

二〇二一年

三十一句

なずな粥その歯ざわりの薄緑

コロナ後の世は怖ろしきどんどの火

ラガーら固まり弾かれ重力は遊ぶかな

寒椿あざやかきっと突破口

石蕗の花両手に何もなき快楽（けらく）

いぶりがっこ多分どうでもいい怒り

冬霧か魚か豊かにひらりかな

老いてなぜ過去美しく寒卵

早春の雑踏にいて高所恐怖

兜太忌や真綿のように積もる日々

耳毛ふわりと春の波動に遊びおり

伏流水あふるる春の二重らせん

疫病(えやみ)の春の水槽のごと行き止まり

東日本大震災十年

十年はかさぶた防潮堤も思いも

妻の次兄永眠。三陸の腕よき漁師にして農の人、篤実な人柄で多くの人から慕われし

海のごと笑顔でありき春の雲

花菜お浸しどんぶりに盛る風の匂い

小川を跳んで軽々少女白木蓮

若鮎の光の肌を水はすべる

流れに逆らう若鮎と私の中の少年

雪形よ私も藍の布をまとい

声変りの直前こでまり砂糖菓子

蝶淡く胸の浅瀬を過りけり

野卑にして優し焚火に筍焼く

蝿捕蜘蛛が私を感じている万緑

芍薬の風を捉えて風のさびしさ

青葉木菟夜を斜めに飾りゆく

街は三拍子嬉々とアジアモンスーン

覚束なき重心梅雨晴土人形

梅雨晴の空青ければ髪暗し

わが胸へ飛ぶ夏かもめ引き潮や

コロナ禍収まらぬこの夏、会えぬ句友らを想い

息の届かぬあたりきらきら夏椿

あとがき

本書は、二〇一五年から二一年の七年間の作品から、三二三句を選んで収めた第三句集である。

この七年の間には、敬愛してやまなかった金子兜太先生の他界と、何名かの句友との永別があった。さらには、予想もしていなかった新型コロナウイルスの世界的な流行にも遭遇した。個人的には、じわじわと押し寄せる老いや病と、否応なく向き合わざるを得なくなってきている。こうした日常の、さまざまな思いや、光や風や、揺らめくもろもろを、俳句という言葉に紡いだのが本書である。


わが師金子兜太は、しばしば私たちに「俳諧自由」を語られた。師がこの言葉で言わんとしたのは、（表現の自由とともに）精神の自由の大切さだったのだろう。私もまた、この言葉を（兜太師の在り方そのものとともに）とても大事に思っていて、私の俳句の背骨にしたいと考えている。私にとって俳句とは結局、心の自由を獲得せんとする一つの過程なのかもしれない。

ところで「俳諧自由」が私の俳句の背骨だとしたら、その血肉の部分に「実（じつ）」を据えたいと考えている。もとより俳句という詩形式自体は「虚」の器である。虚に遊び、言葉の飛翔力に拠り、また「虚実皮膜の間」を攻めるのも（俳句のあり様としては）大いに魅力的な行き方だと思っている。また一方でコンピューターやネットなどの普及によって社会のあらゆる場面で虚の領域が日々拡大もしている。しかしだとしても（あるいはだからこそ）決して「実」から足を離してはいけないのではないか、というのが（俳句についての）私の考えである。日々の暮らしや、移ろいゆく自然、生まれ成長し死んでゆく生き物の営み…、そういった「実」の中にこそ、「存在」の深淵が垣間見えるのではなかろうかと思う。私はこれからも、日常に依拠し、泥臭く、大地に足を付け、「実」に重心を置いて、俳句と向きあっていきたいと思う。

最後に、本句集上梓にあたり、飯塚書店の皆様に大変お世話になった。あらためて感謝申し上げる。

二〇二一年秋　　　　藤野　武

藤野　武（ふじの・たけし）

一九四七年　東京都五日市町（現あきる野市）生まれ
一九八四年　「海程」入会、金子兜太に師事
一九九〇年　海程新人賞受賞
一九九二年　第三八回角川俳句賞受賞
一九九九年　「遊牧」に参加
二〇〇八年　海程賞受賞
二〇一八年　「海程」終刊、後継誌「海原」創刊に参加
現在「海原」「遊牧」同人、現代俳句協会会員
句集『気流』『火蛾』合同句集『海程新鋭集Ⅰ』

現住所　〒一九八-〇〇六二
　東京都青梅市和田町二-二〇七-八

句集　光ひとり

令和三年九月十日　初版第一刷発行

著　者　藤野　武
装　幀　山家　由希
発行者　飯塚　行男
発行所　株式会社　飯塚書店
http://izbooks.co.jp
〒一一二-〇〇〇二
東京都文京区小石川五-一六-四
☎　〇三（三八一五）三八〇五
FAX　〇三（三八一五）三八一〇

印刷・製本　日本ハイコム株式会社

ISBN978-4-7522-5015-9